MÉMOIRE

SUR LES

ÉTHÉROLÉS OU TEINTURES ÉTHÉRÉES.

MÉMOIRE

SUR

LES ÉTHÉROLÉS

OU

TEINTURES ÉTHÉRÉES;

PAR EMILE MOUCHON, PHARMACIEN,

PRÉSIDENT DE LA SOCIÉTÉ DE PHARMACIE
DU DÉPARTEMENT DU RHÔNE ET DE LA VILLE DE LYON,
MEMBRE TITULAIRE DE LA SOCIÉTÉ DE MÉDECINE ET DE LA SOCIÉTÉ ROYALE
D'AGRICULTURE, HISTOIRE NATURELLE ET ARTS UTILES DE LA MÊME VILLE,
MEMBRE CORRESPONDANT DE PLUSIEURS ACADÉMIES ET DE
PLUSIEURS SOCIÉTÉS SAVANTES, NATIONALES
ET ETRANGÈRES, ETC., ETC.

Il est toujours utile d'essayer de frayer la route, quand même elle serait imparfaitement tracée.

ORFILA.

Si tout le monde se mêle de faire des expériences et se croit en état d'en faire, peu de gens sont capables de les bien faire ; il faut pour cela une tournure d'esprit spéciale qui n'est pas donnée à tous.

PARENT-DUCHATELET.

LYON,

IMP. DE MARLE, ÉDITEUR DU JOURNAL DE MÉDECINE,

RUE SAINT-DOMINIQUE, 13.

1845.

MÉMOIRE

SUR LES

ÉTHÉROLÉS OU TEINTURES ÉTHÉRÉES.

PREMIÈRE PARTIE.

La question des teintures éthérées, ou éthérolés, n'a, jusqu'à présent, que faiblement occupé les esprits; mais il convient de dire aussi que ces produits n'ont vraiment acquis une certaine importance que depuis vingt-cinq ou trente ans au plus : c'est à peine s'ils étaient connus du temps de Baumé; aussi trouve-t-on que ce célèbre pharmacologiste n'émet rien que de vague ou d'incertain sur leur compte.

A l'exception de l'honorable M. Cap, qui a publié dans le temps un mémoire intéressant sur cet important sujet, aucun auteur n'a rien ou presque rien entrepris de sérieux, soit pour éclairer l'opinion des hommes de science sur la valeur réelle de ces médicaments, considérés comme agents thérapeutiques, soit sur le choix des meilleurs modes de préparation à suivre pour les rendre tels que nous devrions les supposer, pour en justifier pleinement l'emploi.

Les teintures éthérées en général, que j'appellerai aussi éthérolés, avec MM. Henry et Guibourt, ne m'ont jamais inspiré une bien grande confiance, si j'en excepte quelques-unes que je comprends plus particulièrement parmi celles que le Codex recommande de préparer par macération. La chlorophylle jouant le plus grand rôle dans la plupart de ces préparations éthériques, et cette substance étant de sa nature insipide et inodore, je ne saurais trouver en elle rien qui milite en faveur de ce groupe de médicaments : l'éther est là l'agent principal, et sans lui la médecine n'aurait pas grand'chose à espérer de l'action médicatrice des éthérolés.

Voyons pourtant ce que nous devons penser de chacun de ces agents en particulier, avant d'en venir aux faits que je crois propres à éclairer la question.

En faisant un appel aux connaissances de notre époque, nous trouverons peut-être le moyen d'établir des distinctions favorables pour quelques-uns de ces mêmes agents, en même temps que nous pourrons nous faire une idée à-peu-près exacte de l'état de la question dans ce moment-ci.

Il importe d'autant plus de se livrer à un examen sur chaque éthérolé en particulier, qu'en entrant dans les considérations relatives à chacun de ces produits, je trouverai l'occasion de placer des observations qui me sont propres et qui répondent parfaitement au but que je me suis proposé.

APPRÉCIATION DES ÉTHÉROLÉS D'APRÈS LES CONNAISSANCES ACQUISES.

Teinture éthérée d'aconit.

M. Soubeiran dit qu'on n'a fait aucune expérience pour apprécier la composition de cette teinture, et il se demande si l'aconitine y est en dissolution.

L'aconitine se dissolvant bien dans l'éther sulfurique, il semblerait qu'elle doit faire partie constituante de cette préparation ; cependant je puis certifier que j'y ai vainement cherché ce principe immédiat. Pour faire la contre-épreuve, il aurait fallu le chercher dans l'extrait dont je vais m'occuper, mais j'avoue que je n'ai pas poussé mes investigations jusques-là.

Cet éthérolé laisse pour résidu, dans la capsule où on le fait évaporer spontanément, un seizième de matière solide, d'un vert sombre, ayant une odeur et une saveur assez peu prononcées.

Extrait alcoolique d'aconit.

Après avoir traité par l'éther rectifié 60 grammes d'aconit en poudre pour recueillir 250 grammes d'éthérolé, j'ai fait agir sur la poudre de l'alcool à 21° C., jusqu'à complet épuisement. Il est résulté de ce second traitement 250 grammes de teinture alcoolique, mêlée d'une certaine quantité d'éther que j'ai fait évaporer jusqu'à consistance pilulaire, après avoir filtré l'alcoolé bouillant pour en séparer un peu de matière sous forme de coagulum. La masse extractive recueillie pesait un peu plus de 10 grammes, et présentait tous les caractères de l'extrait alcoolique d'aconit.

Teinture éthérée d'arnica.

L'éther a une action faible sur l'arnica : c'est à peine si 30 grammes de ce menstrue dissolvent 15 centigrammes de matière résineuse jaune, ayant l'arome caractéristique de la fleur.

Il n'en est pas de même de l'alcool faible que l'on fait macérer avec la poudre déjà traitée par l'éther sulfurique : il épuise assez bien la masse végétale pour en extraire plus d'un quart de matière active, très-odorante et tout-à-fait analogue à l'extrait alcoolique des pharmacies. Il est probable que, par des traitements à chaud, il en enlèverait une plus grande quantité , s'il est vrai , comme le dit M. Soubeiran, que l'alcool à 56° en enlève jusqu'à 40 pour 100.

Teinture éthérée d'assafœtida.

Cette teinture doit posséder des propriétés énergiques, la résine aromatique, amère et à odeur alliacée, étant soluble dans l'éther, de même que son huile volatile. M. Soubeiran n'en dit rien, et elle n'est pas consignée dans la pharmacopée de MM. Henry et Guibourt.

Cette teinture m'a fourni un neuvième de matière solide, très-odorante, transparente, d'un jaune clair, soluble dans l'alcool, etc. La matière est restée liquide pendant long-temps ; elle était alors composée d'huile essentielle et de résine. C'est la résine seule qui a constitué le neuvième de la masse. Ayant négligé de reconnaître le poids des deux corps réunis, je n'ai pu constater que celui de la matière résineuse.

Teinture éthérée de baume de Tolu.

On doit supposer cette teinture active, la résine et l'huile volatile devant y être en dissolution. Les pharmacologistes n'émettent aucune opinion à cet égard, probablement parce qu'il n'est pas plus permis d'émettre un doute sur les propriétés de ce produit que sur celles de l'éthérolé d'assafœtida.

Il y a un huitième et plus de matière dissoute dans cet éthérolé. On reconnaît évidemment dans le résidu de l'évaporation une matière résineuse unie à une huile volatile.

Teinture éthérée de belladone.

Suivant les observations de Ranque, la teinture éthérée de belladone doit être active, dit M. Soubeiran. On pourrait partager cette opinion en réfléchissant à la solubilité de l'atropine dans l'éther sulfurique et l'alcool absolu, qui, du reste, agissent mieux sur elle à chaud qu'à froid.

L'extrait éthérique fourni par l'éthérolé de belladone s'élève à un sixième; ses caractères physiques sont les mêmes que ceux de l'extrait éthérique d'aconit, et ne diffèrent pas non-plus de ceux de toutes les solanées.

Extrait alcoolique de belladone.

L'extrait alcoolique que l'on peut recueillir, après les traitements de la poudre par l'éther, s'élève presque constamment à un huitième, s'il n'a qu'une consistance semi-pilulaire, et à un dixième, s'il peut être roulé en pilules. Ce second produit, comparé à celui que fournit la belladone qui n'a pas subi l'influence de l'éther, ne présente rien de particulier : l'un et l'autre ont les mêmes caractères et ne diffèrent nullement.

Teinture éthérée de bourgeons de fougère.

Elle est douée de toute la force médicatrice de la fougère, attendu qu'elle contient toute l'oléo-résine de Peschier; aussi n'ai-je aucune observation particulière à faire sur son compte, sinon que c'est un excellent médicament qui mérite toute la confiance qui lui est accordée.

Teinture éthérée de castoréum.

Il est à supposer que cette teinture jouit de propriétés marquées, en raison de l'huile volatile qui en fait partie; cette huile devant être considérée comme l'agent principal du castoréum, bien plus que la castorine, quoique celle-ci, que Brandes considère comme la matière médicamenteuse, ait l'odeur particulière du castoréum. La résine d'ailleurs peut ajouter aux propriétés de l'éthérolé.

Bien que j'approuve l'emploi de quatre parties d'éther pour une de substance à épuiser, lorsqu'il s'agit du traitement d'une plante ; je reconnais ici l'insuffisance de ces proportions, huit parties de ce menstrue ne pouvant pas enlever au castoréum tout ce qu'il peut lui céder : les liqueurs sont chargées jusqu'à la fin. C'est donc avec quelque fondement que quelques pharmacologistes consacrent une partie sur huit à la préparation de cet éthérolé.

4 grammes d'éthérolé de castoréum, préparé dans la proportion d'une partie sur huit, laissent dans la capsule 4 décigrammes (un neuvième) de matière très-colorante, brunâtre, dont partie soluble dans l'éther et l'autre dans l'alcool faible; de consistance presque sèche, après un mois et plus d'exposition à l'air, pour en chasser l'huile volatile, que l'on ait eu recours à la macération ou au déplacement. Il est évident, d'après cela, que la macération recommandée par le Codex est complètement inutile. Mais, en raison de la nature du corps à épuiser, il faudrait avoir le soin d'opérer une dissolution dans une partie du menstrue, avant de procéder au déplacement, et cela de manière à réduire le castoréum en un magma liquide. Sans cette précaution, on devrait s'attendre à voir l'opération traîner en longueur, surtout si l'on opérait sur des quantités un peu considérables.

Teinture alcoolique de castoréum.

Lorsqu'on recueille 250 grammes d'alcoolé par déplacement, ensuite du traitement par l'éther, sur 60 grammes de poudre, on complète l'épuisement de la substance, et l'on a pour produit un liquide aussi fortement chargé en couleur que l'éthérolé, bien que l'éther ait produit tout son effet. Alors on n'a plus qu'un résidu inerte, dont la quantité, par rapport à celle de la matière animale employée, n'est plus que d'un tiers environ, si le castoréum a été exempt d'impuretés. L'évaporation de l'alcoolé donne pour produit un sixième de matière solide, d'un aspect brunâtre, d'une odeur pénétrante comme celle du castoréum, et d'ailleurs assez analogue au résidu de l'éthérolé privé de son huile essentielle ; ce qui dénote que l'éther dissout très-imparfaitement la matière active, bien que l'éthérolé du castoréum soit un des plus énergiques.

Teinture éthérée de cantharides.

Nous connaissons deux éthérolés de cantharides : l'un que l'on prépare avec une partie de ces coléoptères et trois d'éther sulfurique ; l'autre, qui est désigné sous la dénomination d'éthérolé acétique de cantharides, s'obtient ordinairement en faisant macérer, pendant huit jours, une partie de cantharides dans huit d'éther acétique. L'un et l'autre éthérolés passent pour être très-énergiques ; cependant si l'on fait évaporer séparément et spontanément, dans deux petites capsules, 30 grammes de chacun de ces produits, on ne trouve dans chaque vase évaporatoire que 4 ou 5 centigrammes de matière active. Y a-t-il là de quoi justifier la réputation de ces deux éthérolés ? Je ne le pense pas, à moins qu'on ne suppose que la cantharidine, qui est très-volatile, même à la température ordinaire, ait pu se volatiliser pendant l'évaporation à l'air libre ; ce qui est très-probable et à-peu-près certain, car on ne peut refuser à ces teintures une action vraiment énergique. Cette supposition est d'ailleurs d'autant plus fondée qu'elle est justifiée aussi par la volatilité des deux menstrues.

Teinture éthérée de ciguë.

En considérant que la conicine ou cicutine est un corps très-soluble dans l'éther, on peut présumer que l'éthérolé de ciguë est un bon médicament, d'autant plus que ce produit a une odeur de ciguë bien prononcée qui peut fortifier cette présomption ; cependant il faut reconnaître que c'est un de ceux qu'on emploie le moins.

Un douzième de matière pilulaire obtenu est le résultat de l'évaporation spontanée de ce liquide éthérique. Ici on reconnaît aussi l'odeur caractéristique de la plante.

Extrait alcoolique de ciguë.

En soumettant à l'action d'un bain-marie le menstrue alcoolique qui a succédé à l'éther, on réalise une masse extractive qui se recommande parfaitement par ses caractères physiques, et que l'on est autorisé à croire énergique. C'est encore un huitième d'extrait environ que fournit l'alcoolé de ciguë, c'est-à-dire que 60 grammes de poudre ne donnent pas moins de 8 grammes d'extrait.

Teinture éthérée de digitale.

« Cette teinture, dit M. Soubeiran, qui est considérée généralement comme fort efficace, est regardée, au contraire, par quelques praticiens comme n'ayant que les propriétés propres à l'éther sulfurique.» J'ajoute que si l'opinion de M. Dulong était fondée, il faudrait supposer que ces derniers ont raison ; tandis qu'en croyant avec MM. Rein, Haase, Planavia et Leroyer que l'éther sulfurique est le meilleur dissolvant du principe actif de la digitale (digitaline), on se rangerait du côté de ceux qui croient à l'efficacité de l'éthérolé. L'observation rapportée par M. Berzélius serait propre aussi à faire penser que ce produit ne devrait pas être dépourvu des propriétés de la plante, s'il était vrai, comme elle porterait à le croire, que la fécule verte de ce végétal fût très-active elle-même. Au reste, les travaux récents et si intéressants de MM. Quevenne et Homolle sembleraient jeter un nouveau jour sur cette question, la digitaline de ces Messieurs n'étant que très-faiblement soluble dans l'éther, à moins que ce menstrue ne soit additionné d'alcool.

Cet éthérolé laisse dans la capsule un seizième d'extrait mou, que l'on pourrait supposer actif, en le jugeant d'après son odeur particulière, qui rappelle un peu celle de la plante qui l'a fourni.

Extrait alcoolique de digitale.

En agissant comme je l'ai indiqué, on obtient un

seizième d'extrait solide, propre à être roulé en pilules. Si ce produit est comparé à l'extrait alcoolique des pharmacies, il peut être facilement confondu avec lui, tant il lui est analogue.

Teinture éthérée de jusquiame.

Ce que j'ai dit de la teinture éthérée de belladone me paraît pouvoir s'appliquer à celle-ci, l'hyosciamine ayant plusieurs caractères qui la confondent avec l'atropine.

C'est encore un seizième, à-peu-près, que l'on trouve dans la capsule, si l'on recueille le résidu par évaporation spontanée.

Teinture alcoolique de jusquiame.

Les 250 grammes d'alcoolé obtenus laissent dans la capsule un peu plus de 8 grammes d'extrait pilulaire, soit un huitième de la plante employée. Il y a encore identité entre cet extrait et l'extrait alcoolique de jusquiame préparé comme de coutume.

Teinture éthérée de safran.

L'éther rectifié ne touche que très-faiblement aux principes solubles du safran. Il n'en est pas de même de la liqueur minérale d'Hoffmann, qui produit une teinture passablement chargée en couleur. Ce peut être alors un assez bon médicament; cependant la teinture provenant d'un mélange à parties égales d'éther à 56° et d'hydral cool à 21° Cartier, doit lui être préférée comme étant sensiblement plus colorée. Il n'y a pas une grande différence, pour la couleur, entre cette dernière et l'alcoolé de safran. Du reste, l'une laisse dans la capsule un vingtième de résidu, et l'autre un seizième environ. Ces remarques prouvent assez évidemment que cet éthérolé préparé, soit avec la liqueur d'Hoffmann, soit avec l'éther et l'hydralcool, devrait occuper une place dans nos pharmacies, et partant dans les prescriptions médicales, tandis qu'on ne le voit figurer nulle part : ce serait, sans contredit, un des meilleurs de nos éthérolés.

Teinture éthérée de stramoine.

On peut encore appliquer à ce produit ce qui a été dit de la teinture éthérée de belladone; la daturine, bien que moins soluble dans l'éther que dans l'alcool, pouvant être supposée en dissolution dans ce menstrue, dont l'évaporation laisse pour résidu un seizième de matière molle.

Teinture alcoolique de stramoine.

Cette teinture fournit encore un extrait qui ne peut pas être mieux comparé qu'à tous les extraits alcooliques des solanées, et en particulier à celui de stramoine des pharmacies. La concentration permet de réaliser un huitième, à quelque chose près, de masse solide.

Teinture éthérée de valériane.

L'éthérolé de valériane tient en dissolution toute la matière résineuse, l'huile volatile et l'acide valérianique, c'est-à-dire toutes les parties actives de la racine (Soubeiran).

Si l'on fait évaporer 8 grammes de teinture éthérique de valériane dans une capsule, il ne reste dans la capsule que 20 centigrammes de matière d'un jaune clair, très-aromatique, très-âcre, de nature résineuse, molle et poisseuse. Ce n'est certainement pas là toute la matière active de la valériane; cependant cet éthérolé doit être un des plus énergiques.

En faisant passer sur 60 grammes de valériane en poudre, traitée par l'éther, 200 grammes d'eau, on achève complètement l'épuisement de cette racine, et l'on recueille ainsi un hydrolé très-chargé en couleur, qui laisse dans la capsule 12 grammes d'extrait pilulaire passablement aromatique, auquel on ne peut pas refuser des propriétés médicales actives. Cet extrait eût été plus actif sans doute si l'eau avait été remplacée par l'hydralcool; et il est à présumer qu'au lieu de 12 grammes de produit, on n'en aurait réalisé que 8.

L'exposé rapide que je viens de faire ne comprend pas quelques éthérolés très-peu usités de nos jours, dont je n'ai pas cru devoir m'occuper, non-seulement parce qu'ils ne me permettent pas de rien dire de particulier qui ne soit superflu, mais aussi parce qu'ils me paraissent complètement tombés dans l'oubli, bien qu'ils me semblent dignes, pour la plupart, de la confiance qui a pu leur être accordée dans le temps.

SECONDE PARTIE.

Les détails qui précèdent sont sans doute fastidieux pour certains esprits légers qui tiennent peu à connaître le fond des choses; cependant ils ne doivent pas paraître dénués d'intérêt à ceux qui réfléchissent mûrement, et qui veulent des faits positifs pour asseoir leur jugement. Or, en posant des faits à côté des données acquises, je crois déjà avoir prouvé, jusqu'à un certain point, que ces données sont fausses et sujettes à contestation, en ce qui concerne presque tous les éthérolés qui jouent le plus grand rôle en médecine; et qu'elles peuvent être vraies pour quelques autres, sans cependant avoir rien de complètement décisif pour personne.

En effet, si, d'une part, nous avons bien réfléchi à la nature du dissolvant, par rapport à celle des substances à traiter; si nous avons bien observé que la matière dissoute est en faible quantité, eu égard à celle qui a résisté à l'action de ce dissolvant; si, d'une autre part, nous avons acquis la certitude que les traitements éthériques laissent intacte toute la matière extractive, celle, en un mot, qui doit constituer les propriétés de certains végétaux servant de base aux produits qui nous occupent, tels que les solanées, l'aconit, la digitale et la ciguë; si nous réfléchissons, dis-je, à toutes ces choses, que devons-nous penser de ces éthérolés qui doivent fixer le plus notre attention? Rien de bien avantageux sans doute; et ce n'est pas sans peine que l'on voit son opinion si fortement ébranlée, en présence d'un groupe de médicaments dont la médecine consacre journellement l'emploi depuis longues années, sans chercher à se rendre compte de la véritable nature et de l'action physiologique de ces mêmes agents.

Ainsi que nous l'avons vu, tous les extraits alcooliques résultant du second traitement sont en tout semblables aux extraits alcooliques du Codex. Cette identité déposera plus fortement en leur faveur, lorsque j'aurai fait remarquer que les quantités obtenues correspondent exactement à celles que fournissent les mêmes plantes sèches, épuisées par l'alcool seulement pour préparer ces mêmes extraits alcooliques du Codex. Pour m'assurer de ce fait, que je considère comme probant, j'aï eu le soin d'épuiser avec de l'alcool à 21, et par déplacement, de la ciguë, de l'aconit, de la belladone, de la digitale pourprée, de la jusquiame et de la stramoine, afin de pouvoir comparer les quantités de produits obtenues avec celles que j'ai pu retirer des mêmes plantes épuisées par l'hydralcool, après les traitements par l'éther sulfurique. Ce que j'avais prévu est arrivé : à quelque chose près, soit en plus, soit en moins, j'ai toujours recueilli, de part et d'autre, la même quantité d'extrait, et, comme j'ai eu occasion de le dire plusieurs fois, j'ai constamment trouvé une identité parfaite entre les produits examinés physiquement. Au surplus, nul n'ignore que l'éther n'exerce aucune action sur les principes extractifs; et ce que j'ai vérifié à cet égard ne vient que confirmer ce que Baumé savait déjà, bien que, comme il le dit lui-même, on n'employât de son temps que les teintures éthérées de castoréum et de succin.

On ne peut tirer de tout ceci qu'une conclusion tout-à-fait défavorable pour les éthérolés; et l'opinion qui leur est contraire se fortifie de plus en plus à mesure que nous avançons davantage dans le champ des investigations : cependant nous ne trouvons encore que des probabilités, fortes il est vrai, et nous avons besoin d'acquérir des certitudes positives pour ne rien laisser dans le doute.

Que reste-t-il donc à faire pour que notre conviction soit pleine et entière ? La chose est fort simple : il faut étudier physiologiquement et comparativement tous les extraits éthériques, résidus des éthérolés concentrés, et tous les extraits alcooliques recueillis, soit après l'épuisement par l'éther, soit à l'aide du traitement direct de la plante par l'alcool faible. Il est évident que si l'action de ces premiers produits est reconnue nulle et que l'autre, au contraire, soit très-énergique et même mortelle pour les animaux que nous aurons livrés aux chances de la mort, nous aurons complètement déchiré le voile qui jusqu'ici nous cache un mystère, et le but principal que je me suis proposé sera complètement atteint.

Les enseignements utiles qui devront nécessairement résulter des essais physiologiques et toxicologiques, qui font le sujet de cette seconde partie, devront nous faire sentir la nécessité d'entrer dans des considérations générales, relatives aux modes opératoires à mettre en pratique, à la nature du dissolvant à employer, et nous conduire naturellement à la recherche des moyens propres à faire tourner en réalité, du moins autant que la chose nous paraît possible, ce qui n'est sans doute que le résultat d'une supposition gratuite. Ce sera là le sujet de la troisième partie de ce mémoire.

J'avais d'abord pensé qu'il pourrait être convenable de passer sous silence tous les faits qui n'ont eu qu'un résultat nul ou à-peu-près nul ; mais un peu de réflexion m'a fait comprendre qu'il ne serait peut-être pas superflu d'entrer dans les détails circonstanciés, relatifs à ces mêmes faits, pour ceux de mes lecteurs qui peuvent vouloir des citations positives, propres à leur inspirer une confiance pleine et entière sur la véracité de mes assertions, et plus particulièrement pour ceux qui peuvent avoir le désir de s'occuper après moi du même sujet, soit avec l'intention de soumettre mon travail à un contrôle sévère, soit avec l'espoir d'approfondir un peu mieux la question que je n'ai pu le faire moi-même, bien que je n'aie rien négligé de tout ce qui m'a paru susceptible de la rendre aussi intéressante et aussi claire que possible.

EXPÉRIENCES PHYSIOLOGIQUES

ET TOXICOLOGIQUES.

PREMIÈRE SÉRIE. — EXTRAITS ÉTHÉRIQUES.

Expérience n° 1. — Extrait éthérique d'aconit.

On a fait évaporer dans une capsule 8 grammes d'éthérolé, dont le produit s'est élevé à 60 centigrammes d'extrait mou.

L'éther sulfurique ayant une grande influence sur certains animaux et en particulier sur les gallinacés, ainsi que je m'en suis assuré, j'ai eu le soin d'exposer longtemps à l'action de l'air l'extrait éthérique d'aconit, ainsi que tous ceux que j'ai employés pour mes essais, afin d'éviter toute action étrangère à celle de ces produits.

Ces 60 centigrammes d'extrait ont été introduits, divisés avec un peu de sucre et d'eau, dans l'estomac d'une poule adulte, qui n'a donné aucun signe de malaise, et qui a mangé avec son avidité ordinaire, lorsqu'on lui a présenté des aliments.

La dose a été doublée quelques jours après, puis quadruplés, sans que l'animal en ait été fatigué; ses allures sont toujours restées les mêmes et son appétit n'en a point souffert. Or, on remarquera que la dernière dose représentait 30 grammes de teinture éthérée d'aconit.

Évidemment je n'aurais pas obtenu le moindre effet d'une quantité plus forte de cet extrait éthérique; aussi n'ai-je pas cru devoir pousser plus loin ces essais sur la poule avec le même produit.

Expériences n° 2. — Extrait éthérique de belladone.

L'extrait éthérique de belladone n'a pas plus agi sur la poule que le précédent, quoique nous ayons employé le produit de 8, 16 et 30 grammes d'éthérolé.

Il en a été de même d'un extrait résultant de l'évaporation de 30 grammes d'éthérolé, ayant pour menstrue la liqueur minérale d'Hoffmann, que j'aurais cru propre, jusqu'à un certain point, à dissoudre les principes actifs du végétal, et qui pourtant a fourni un tiers de moins de résidu que l'éthérolé par l'éther pur.

Expériences n° 3. — Extrait éthérique de ciguë.

On s'est comporté ici comme précédemment. La première dose d'extrait n'a pas paru avoir de l'influence sur la poule ; la seconde l'a fatiguée un peu, et la troisième a exercé une action très-prononcée pendant quelques heures, à tel point que je croyais cet animal empoisonné. L'effet toxique était caractérisé par un mouvement continuel de déglutition, qui dénotait comme une gêne extrême dans le gosier ; par l'immobilité de tout le corps, la fixité du regard et autres signes de moindre importance. Cependant, revenu peu-à-peu à son état à-peu-près normal, quelques heures après l'ingestion du poison, le bipède a commencé à manger quelques grains d'orge, et le soir il mangeait comme à l'ordinaire, sans annoncer la plus légère indisposition.

D'après ce qui s'était passé, il m'était permis de croire qu'en doublant encore la dose (60 grammes d'éthérolé réduits en extrait), j'aurais pu déterminer des accidents formidables et peut-être la mort ; mais j'avoue que j'ai négligé cette rude épreuve, un peu par un sentiment de pitié, un peu en prenant en considération les nombreuses épreuves auxquelles j'avais à me livrer, un peu aussi parce que celle-ci semblait déposer suffisamment en faveur de l'éthérolé de ciguë.

Expériences n° 4.—Extrait éthérique de digitale pourprée.

J'ai à répéter ici ce que j'ai dit des extraits éthériques d'aconit et de belladone, l'effet de celui-ci ayant été tout-à-fait nul, à forte comme à faible dose, sur la poule que le résidu éthérique de ciguë avait si fortement ébranlée.

Expériences n° 5. — Extrait éthérique de jusquiame.

Cette fois, moins timide et moins réservé que dans les expériences qui avaient précédé celle-ci, j'ai administré à la poule le résidu de 30 grammes de teinture éthérée de jusquiame noire, sans l'avoir fait passer par des épreuves moins fortes. Je n'ai remarqué aucune action physiologique sensible, la poule ayant fait un bon accueil aux aliments qui lui ont été donnés une heure après l'ingestion du prétendu poison.

Expériences n° 6. — Extrait éthérique d'aconit.

Un lapin adulte a avalé, dans l'intervalle de vingt-quatre heures, d'abord le produit de 30, ensuite celui de 60 grammes d'éthérolé d'aconit napel, sans éprouver rien d'anormal, du moins d'une manière bien sensible, car il a pu manger deux heures après qu'on lui a eu ingéré l'une et l'autre dose, c'est-à-dire, lorsque la masse extractive, que l'on avait étendue d'un peu de farine de froment et d'eau, a eu franchi les premières voies. A partir de ce moment, l'animal présentait tous les signes qui caractérisent l'état d'une bonne santé.

Expériences n° 7. — Extrait éthérique de belladone.

Mêmes doses et mêmes remarques que précédemment. Une heure était à peine écoulée après la seconde dose, que l'animal mangeait déjà passablement. Un peu plus tard, aucun signe de malaise n'existait ; on n'a même rien remarqué auparavant qui vaille la peine d'être cité, tant l'influence de l'extrait a été peu sensible. Elle a été nulle, du reste, à la première épreuve et presque nulle à la seconde.

Expériences n° 8. — Extrait éthérique de ciguë.

Le résidu de 30 grammes d'éthérolé de ciguë n'ayant rien ou presque rien produit sur un lapin, le lendemain on a doublé la dose. Cette dernière n'a eu qu'une faible influence sur le quadrupède, qui pourtant n'a pris des aliments que quelques heures après, et qui, durant cet intervalle, est resté plongé dans une espèce de torpeur assez manifeste. A partir du moment où il a commencé à manger, ses allures ordinaires se sont reproduites peu-à-peu et, sur le soir, rien n'annonçait la plus légère indisposition.

Vingt-quatre heures après, un autre lapin adulte et vigoureux a été soumis à l'influence de 125 grammes du même éthérolé, réduits à consistance d'extrait mou, soit à 10 grammes de résidu. Cette fois l'effet a été très-prononcé durant toute la journée. Il y a eu engourdissement manifeste, somnolence, état de malaise visible, inappétence, sécrétion; sur le soir, d'urines sanguinolentes très-fétides, et rappelant un peu l'odeur de la ciguë. Le lendemain, retour à la santé et guérison complète.

Expériences n° 9. — Extrait éthérique de digitale.

Les différentes épreuves qui précèdent celle-ci m'ayant rendu beaucoup plus hardi que je ne devais l'être dans le principe, j'ai dû avoir recours, dans cette circonstance, à de fortes doses d'extrait éthérique; or j'ai employé du premier coup 8 grammes de cette matière, représentant 60 grammes de teinture éthérée. Ce que j'avais prévu est arrivé : le lapin n'en a été nullement influencé ; il a mangé comme de coutume sans annoncer aucun genre d'indisposition. Il en a été de même le lendemain, bien que 16 grammes du même extrait lui aient été donnés en une seule fois ; or, il faut qu'on remarque bien que ces 16 grammes provenaient de 125 grammes de teinture éthérée, et que cette teinture est considérée, par un grand nombre de praticiens, comme l'une des plus actives de celles que nous employons journellement.

Je mentirais pourtant à ma conscience, si je considérais comme tout-à-fait nulle l'action de cet extrait éthérique de digitale pourprée ; car il est vrai de dire que la sécrétion urinaire est devenue d'autant plus abondante, sans l'être excessivement, que les doses de cet agent ont été plus fortes; mais il faut dire aussi que c'est là tout l'effet remarquable que je puisse citer. Les évacuations alvines n'ont pas été plus fréquentes que de coutume ; aucun signe de malaise, d'irritation, n'a eu lieu dans l'estomac, qui a supporté la matière sans éprouver aucun mouvement anti-péristaltique, aucun spasme susceptible de déterminer la plus légère vomiturition. Il est digne de remarque, au contraire, que les fonctions digestives se sont faites sans apparence d'aucun trouble insolite, car les animaux soumis à ce genre d'épreuves ont pu manger, une heure comme plusieurs heures après l'ingestion de l'extrait éthérique, qui n'a pas été le seul, au surplus, à augmenter le cours des urines.

Expériences n° 10. — Extrait éthérique de jusquiame noire et autres.

Plus je multiplie mes expériences sur les teintures éthérées, et plus je dois considérer comme superflus les faits nouveaux qui viennent à l'appui des premiers. Aussi je pense qu'il serait oiseux et abusif, pour mes lecteurs comme pour moi, de fournir un plus grand nombre de preuves pour convaincre tout le monde de l'innocuité des éthérolés sur lesquels on devrait le plus compter. En effet, que l'on essaie, comme je l'ai fait et à très-fortes doses, l'éthérolé de jusquiame noire sur un lapin, ou que l'on soumette à la même épreuve les éthérolés de nicotiane, stramoine et autres de cette nature, on sera toujours sûr d'arriver à un résultat négatif. La teinture éthérée de ciguë seulement devra faire exception, puisqu'elle s'est montrée dans deux cas douée d'une certaine énergie, sans cependant répondre d'une manière bien satisfaisante à ce qu'on devrait exiger d'elle; car il est évident qu'elle ne peut produire quelque effet qu'à des doses qu'il n'est permis d'employer dans aucun cas. Serait-il possible même d'en user ainsi pour l'usage externe, qu'il n'y aurait rien ou presque rien à espérer de ce médicament.

Que conclure encore de tout ce qui précède?

Que les éthérolés, en général, moins quelques-uns sur lesquels j'aurai occasion de revenir, sont de très-mauvais médicaments qui ne peuvent inspirer aucune confiance; et que s'il leur arrive quelquefois de produire un effet salutaire, il faut en attribuer tout le mérite à l'éther sulfurique seul, et non aux principes qu'il tient en dissolution.

Ces considérations, qui n'ont certes pas besoin de commentaires, vont être sanctionnées pleinement par de nouvelles preuves plus convaincantes encore que celles que je viens de fournir.

On comprend aisément qu'il s'agit maintenant d'aborder la question des extraits alcooliques dont j'ai parlé; et l'on n'attend pas moins de moi qu'une longue série d'expériences physiologiques et toxicologiques sur ces produits, pour juger définitivement la question.

DEUXIÈME SÉRIE. — EXTRAITS ALCOOLIQUES.

Expériences n° 1. — Extrait alcoolique d'aconit.

On a délayé dans quelques grammes d'eau 60 centigrammes d'extrait alcoolique d'aconit napel, recueilli après la préparation de l'éthérolé, et l'on a fait avaler ce solutum à une poule ; des signes de malaise se sont manifestés tout aussitôt. L'animal avait beaucoup de peine à se soutenir sur ses pattes, il chancelait souvent ; il ouvrait et refermait alternativement le bec, et semblait faire des efforts pour rejeter le poison ; cependant, une heure après l'injestion de ce toxique, il mangeait déjà passablement et semblait ne plus souffrir.

Le surlendemain on a fait prendre à cette même poule 60 centigrammes d'extrait d'aconit napel, résultant de l'évaporation à l'étuve du suc de la plante. A l'instant même des signes ressemblant à une sorte de strangulation se sont manifestés. Comme précédemment, l'animal faisait des mouvements alternatifs d'inspiration et de déglutition qui annonçaient une gêne extrême dans la respiration. Une heure après, les signes de malaise existaient dans toute leur force, et les aliments étaient refusés. Ce n'est que quelques heures plus tard qu'il a essayé de manger quelques grains d'orge, et ce n'est aussi que quelques heures après, que l'influence de l'extrait a paru cesser. Au milieu du jour, les aliments étaient accueillis comme à l'ordinaire, et rien n'annonçait le plus léger dérangement dans la santé de la poule.

Étant bien convaincu depuis long-temps que l'extrait d'aconit retiré de la plante fraîche, à l'aide d'une chaleur d'étuve, est sensiblement plus actif que l'extrait alcoolique ordinaire, j'ai dû lui donner la préférence pour établir une comparaison rationnelle en faveur du produit alcoolique dont j'étudiais l'action physiologique.

Quelques mois après l'époque des deux expériences précédentes, j'introduisis dans l'estomac d'un coq 4 grammes du même extrait alcoolique d'aconit qui avait été essayé sur la poule. Des accidents formidables eurent lieu immédiatement après l'injestion. Ils furent tels, qu'en moins de deux heures l'animal eut cessé de vivre, après avoir poussé plusieurs cris aigus exprimant comme de l'effroi, après une agitation extrême et comme convulsive, accompagnée des signes manifestes d'une respiration haletante, saccadée et surtout très-accélérée. Un mouvement convulsif violent termina cette scène de douleur, en imprimant à l'animal une espèce de raideur générale et comme tétanique.

On jugera comme moi, d'après ce résultat, qu'il eût été superflu d'essayer l'extrait de suc d'aconit, celui-ci ne pouvant pas laisser le moindre doute sur son action toxique à la dose de 4 grammes, dans un cas semblable à celui que je viens de rapporter, car qui peut plus peut moins.

Expériences n° 2. — Extrait alcoolique de belladone.

60 centigrammes de cet extrait n'ont eu aucune influence sur une poule adulte : 2 grammes l'ont fatiguée beaucoup pendant quelques heures, à tel point que je la croyais empoisonnée; cependant, ces quelques heures écoulées, l'animal, qui jusques-là avait été en proie au genre de malaise produit par les 60 centigrammes d'extrait de suc d'aconit, n'annonçait plus aucune fatigue et mangeait comme à l'ordinaire. Il n'a pas fallu moins de 4 grammes de cet extrait pour déterminer des accidents mortels à-peu-près analogues à ceux qui ont coûté la vie au coq, avec cette différence qu'ils m'ont paru moins formidables, et qu'ils n'ont causé la mort qu'après quatre heures et demie de durée. L'état couvulsif a eu moins de force, mais la raideur générale survenue dans les derniers moments a été à-peu-près la même. Les cris brusques que l'animal a fait entendre aussi par intervalles m'ont paru occasionés par une sorte de contraction spasmodique simulant une véritable strangulation.

Expériences n° 3. — Extrait alcoolique d'aconit.

Cet extrait, à la dose de 2 grammes, n'a eu aucune influence sensible sur un lapin ; l'animal aurait mangé tout aussi-bien un quart d'heure après avoir avalé l'extrait, que quelques heures plus tard : 4 grammes, administrés quelques jours après, ont fatigué sensiblement ce même lapin, qui a paru affaissé toute la journée, mais qui cependant, sans avoir ses allures ordinaires, a mangé modérément de loin en loin. L'influence du poison s'est fait sentir durant toute la journée du lendemain, mais le surlendemain elle était nulle.

Une même quantité (4 grammes) de suc épaissi de la même plante a produit une perturbation générale, manifestée par un mouvement non interrompu des mâchoires, une sécrétion baveuse abondante, un changement continuel de position, des signes non équivoques de souffrance, l'impossibilité presque absolue de se tenir long-temps sur ses pattes, des secousses abdominales, des efforts pour rejeter le poison, le refus prolongé des aliments qu'on lui présentait, etc. Cet état de souffrance s'est soutenu pendant quarante-huit heures ; temps après lequel le quadrupède a commencé à manger sans avoir repris ses allures ordinaires. Ce n'est que trois jours après l'ingestion de la substance vénéneuse que le rétablissement s'est complété, du moins en apparence.

L'extrait alcoolique des pharmacies, à la dose de 4 grammes, n'a pas produit sur un autre lapin un effet plus prononcé que pareille quantité d'extrait alcoolique recueilli ensuite des traitements éthériques : les remarques ont été absolument les mêmes. Ainsi il y a eu identité d'action entre les deux extraits alcooliques.

D'après ce qui précède, c'est encore l'extrait de la plante fraîche, résultant de la concentration du suc à l'étuve, qui s'est montré le plus énergique.

Quoi qu'il en soit, je ne doute pas que 10 ou 12 grammes de l'un des trois extraits employés n'eussent déterminé la mort, les ravages causés par chacun d'eux et surtout par le second, étant de nature à faire naître cette certitude, que d'autres faits justifieront pleinement.

Expériences n° 4. — Extrait alcoolique de belladone.

2 grammes de cet extrait, représentant à-peu-près 16 grammes de plante sèche, ont été ingérés dans l'estomac d'un lapin. L'effet toxique a été à-peu-près complètement nul.

Il en a été absolument de même de 2 grammes d'extrait pilulaire aqueux de belladone sèche.

Dans l'un et l'autre cas, le lapin a fait un accueil très-favorable aux aliments qui lui ont été présentés, et ses habitudes sont restées les mêmes.

A quelques jours de là, on essaie d'introduire dans l'estomac d'un lapin 12 grammes d'extrait alcoolique de belladone, retiré de la plante après le passage de l'éther; mais on ne peut guère lui en faire avaler que la moitié, les précautions nécessaires pour éviter cette perte n'ayant pas été assez bien prises : l'autre moitié est rejetée au-dehors par cet animal, qui fait des efforts inouis, dans tous les cas de ce genre, pour se soustraire à l'introduction du poison. Les signes qui caractérisent l'empoisonnement sont les suivants : mouvement continuel des mâchoires, secousses réitérées et précipitées des deux pattes de devant, qu'il porte parfois vers le museau comme pour expulser l'agent mortifère qui le tourmente. Ce sentiment manifeste de malaise dure presque toute la journée. Sur le soir, ce désordre semble faire place à un peu de calme et, le lendemain matin, quelques aliments sont ingérés en petite quantité, bien que le malheureux animal soit encore tourmenté par intervalles. Quelques frémissements momentanés, quelques coups de dents portés contre les barreaux de sa cage, et de fréquents mouvements désordonnés dénoncent chez lui quelques souffrances passagères, qui se dissipent pourtant vers le déclin du jour pour ne plus se reproduire.

Il est présumable que l'animal aurait succombé, s'il avait reçu les 12 grammes d'extrait. C'est un fait que j'aurais été curieux de vérifier si j'avais eu à ma disposition une quantité suffisante de cet agent; mais malheureusement ma petite provision se trouvait à-peu-près épuisée; je me reposais assez d'ailleurs sur les expériences suivantes, pour n'être pas tenté d'en préparer une autre.

Expériences n° 5. — Extrait alcoolique de ciguë. (Conium maculatum.)

Un lapin avale 6 grammes d'extrait de ciguë. Aussitôt après l'ingurgitation de ce toxique, des symptômes d'empoisonnement se déclarent : tels sont des contractions violentes des viscères abdominaux, mouvements brusques et saccadés, auxquels succèdent par moments un état de torpeur ou de somnolence, une prostration très-prononcée, lorsque des signes certains de souffrance ne déterminent pas de l'agitation. Douze ou seize heures sont à peine écoulées, que l'animal rend des urines sanguinolentes, ou, pour mieux dire, du sang presque pur, translucide, d'une odeur fétide rappelant un peu celle de la ciguë, comme dans le cas où 10 grammes d'extrait éthérique de ciguë avaient été administrés à un lapin. (Voir les expériences n° 7 de la première série.) La nuit écoulée, le lapin paraît moins fatigué; cependant il ne mange pas de toute la journée, et il en est de même un jour plus tard, du moins le matin, car le soir il commence à recevoir quelque peu de nourriture. Le retour à la santé ne paraît à-peu-près complet que le quatrième jour de cette rude épreuve, si voisine de la mort.

12 grammes du même extrait de ciguë fatiguent horriblement un autre lapin adulte, qui, pour-le-coup, paraît ne pas en rappeler. Ce sont les mêmes symptômes portés à un plus haut degré; aussi les accidents se succèdent-ils avec plus de rapidité. Les progrès sont tels, que la mort paraît de plus en plus imminente; cependant elle ne survient que sept heures après l'ingestion de la matière toxique, dont les effets sont cruels pour l'animal, qui succombe dans une agitation extrême. Il est pourtant à remarquer que M. Orfila, avec le *conium maculatum*, a causé rarement des accidents mortels, bien qu'il l'ait expérimenté sur un grand nombre d'animaux et à fortes doses.

Que pensera ce célèbre toxicologiste lorsque ce fait arrivera à sa connaissance? Il doutera peut-être de la véracité de mes assertions : cependant rien n'est plus positif que ce que je viens de rapporter, et ne prouve pas autre chose, sinon que mon extrait alcoolique de ciguë est aussi énergique que me paraît devoir l'être un produit de cette nature, qui résulte de la plante déjà traitée par l'éther, comme celui-ci, ou du même végétal épuisé seulement par l'alcool faible.

Expériences n° 6. — Extrait alcoolique de digitale pourprée.

4 grammes d'extrait alcoolique de digitale fatiguent visiblement un lapin adulte. Quelques vomituritions surviennent un quart d'heure après l'ingurgitation ; un peu plus tard, on remarque chez l'animal une espèce d'état convulsif, de l'affaiblissement, mais pas autre chose. Une heure après l'ingestion des 4 grammes, on en administre une semblable dose; peu de temps après, des efforts de vomissement ont lieu ; l'agitation est extrême et comme convulsive ; cette agitation cesse après une heure environ de durée, pour faire place à une espèce de prostration momentanée, puis l'état convulsif se réveille et un vomissement a lieu ; un autre lui succède un peu plus tard. Le malaise paraît extrême ; cependant le mouvement anti-péristaltique paraît céder et l'animal retombe dans l'abattement, ou plutôt dans une espèce de *coma somnolentum*, qui ne cesse qu'au moment où de nouveaux efforts de vomissement se déclarent, sans que le vomissement ait lieu. Une troisième dose de 4 grammes est introduite dans l'estomac du lapin, quatre heures après la première. Alors on observe de nouvelles convulsions et de nouveaux symptômes qui dénotent un

plus grand malaise. Les vomissements suivent de près l'introduction du poison ; ils sont plus fréquents, mais ils sont peu abondants ; à ces efforts d'expulsion succèdent encore des signes d'une prostration générale, un nouvel état comateux, enfin une sorte de stupéfaction qui dénote que le cerveau est fortement congestionné. Cet état dure quelques heures : il s'aggrave même sensiblement vers le soir, et dénote évidemment que l'animal ne doit pas tarder à succomber. En effet, dix heures après l'ingestion de la première dose, il succombe sans donner aucun signe d'agitation.

Pendant que tout ceci se réalisait, un autre lapin était soumis aux mêmes influences, mais avec de semblables doses d'extrait alcoolique des pharmacies, provenant de la même provision de digitale. Décrire ce qui se passa serait offrir, à-peu-près, la répétition de tout ce qui vient d'être décrit ; aussi éviterons-nous cette seconde description. Le peu de différence que j'ai remarqué dans les phénomènes se trouve dans deux ou trois vomissements de plus, et dans la moindre durée des phénomènes auxquels la mort mit fin neuf heures après la première administration du poison.

Il est probable que si nous avions pu empêcher les vomissements, la violence du poison n'aurait pas permis à ces animaux de vivre aussi long-temps.

J'oubliais de dire que les urines ont été fréquentes, abondantes et un peu lactescentes pendant la durée des épreuves. Ce fait, assez peu important, mérite cependant d'être rapporté.

Expériences n° 7. — Extrait alcoolique de jusquiame noire.

Un lapin n'ayant éprouvé, de 8 grammes d'extrait alcoolique de jusquiame, que des accidents à-peu-près analogues à ceux que 6 grammes d'extrait de belladone avaient produits sur le lapin qui fait le sujet de la troisième expérience qui figure au n° 4 de cette série, on lui en administra 16 quelques jours plus tard. Alors on eut lieu de croire que la mort suivrait de près cette administration, car le quadrupède fut immédiatement haletant, cruellement tourmenté, très-agité, atteint de vomituritions qui lui firent rejeter une faible quantité de la matière ingérée, et qui me firent craindre des vomissements, tant les mouvements spasmodiques de l'estomac étaient fréquents et fortement prononcés. Cependant, bien que les désordres causés allassent croissant d'une manière manifeste pendant la première heure, il ne survint aucun vomissement. On remarqua seulement que la respiration paraissait de plus en plus courte, de plus en plus accélérée ; que le naseau était continuellement en mouvement, remarque que j'avais faite dans tous les cas où le poison avait exercé une forte influence. On remarqua de plus, que l'animal portait constamment sa tête haute en signe d'une respiration difficile, qu'il agitait de temps en temps ses deux pattes de devant et les portait parfois vers le museau avec vivacité ; que le regard était fixe et morne, les yeux ternes, etc. Les mêmes symptômes se soutinrent à-peu-près dans le même état durant toute la journée ; cependant sur le soir ils semblèrent s'amender un peu, bien qu'il existât une sorte de torpeur caractérisée par la rareté des mouvements de locomotion.

Le lendemain, aucun changement en mieux n'est survenu ; l'animal est plus abattu, il semble ne pouvoir résister à l'influence toxique de l'extrait. Vers le déclin du jour, on essaie de lui faire prendre quelque nourriture, mais c'est envain.

Le troisième jour, toute chance de guérison est à jamais détruite : l'animal est plongé dans un assoupissement profond dont on a de la peine à le tirer ; sa respition est pourtant beaucoup moins accélérée ; la sécrétion urinaire, suspendue jusqu'alors, se rétablit un peu et les urines n'ont rien d'anormal, du moins en apparence. La journée s'écoule sans qu'on puisse faire d'autres remarques : on s'aperçoit seulement que l'abattement est devenu plus grand vers le soir, et que le terme fatal approche ; aussi le lendemain ne trouve-t-on plus qu'un cadavre froid et raide.

Prenant alors 16 grammes d'extrait alcoolique de jusquiame préparé avec la même plante, d'après le procédé ordinaire, je soumis un autre lapin à l'épreuve de ce produit.

Décrire ce que j'observai dans ce cas serait complètement inutile, les remarques précédentes pouvant s'appliquer parfaitement ici, avec cette différence que la mort survint dans le courant du troisième jour, sur le soir, et que je vis les membres de l'animal se convulser dans ses derniers moments, sans que rien de bien remarquable eût annoncé jusques-là une mort prochaine ; car, d'après les observations de l'expérience précédente, je pouvais supposer que la vie se prolongerait au moins jusqu'au lendemain.

Voilà encore deux faits à peu-près identiques qui viennent déposer en faveur des extraits alcooliques qui nous occupent, bien que la mort, qui peut dépendre de l'idiosyncrasie de l'animal, ait été moins tardive de quelques heures dans le dernier cas.

Ces faits accomplis, j'aurais pu diriger mes essais sur d'autres extraits alcooliques provenant de poudres végétales traitées par l'éther, notamment sur l'extrait de stramoine et celui de nicotiane; mais je confesse qu'il me tardait d'en finir avec ces rudes épreuves qui ont été si funestes à plusieurs animaux, en même temps qu'elles ont coûté à ma sensibilité plus d'une émotion pénible dont je ne crains pas de faire l'aveu. Il n'est pas donné à tous les hommes de se livrer impunément à de telles recherches; et s'il est permis de taxer de faiblesse le sentiment de pitié dont je n'ai pu me défendre en présence de ces malheureuses victimes, que j'ai cru devoir immoler dans l'intérêt de la science, j'avoue que mon courage a fléchi plus d'une fois dans le cours de mes expériences, et que plus d'une fois aussi j'ai dû le retremper pour consommer le sacrifice. Ainsi, si j'ai pu me décider à vaincre mes répugnances tant que j'ai senti la nécessité de les combattre, je n'aurais pu me livrer à d'autres essais de cette nature, alors qu'il m'était permis de les considérer comme complètement inutiles. Les faits que j'ai rapportés sont d'ailleurs plus que suffisants, à mon avis, pour détruire toute espèce de doute sur la nullité des éthérolés que nous avons étudiés. Ils sont tels, qu'ils portent avec eux plus d'un enseignement utile; car, s'ils nous mettent à même de résoudre la question posée , ils peuvent aussi , ce me semble, venir en aide à la science toxicologique en lui fournissant de nouvelles lumières.

En effet, il ressort de tout ceci , indépendamment de ce que j'avais à cœur de prouver, que nous serions dans une bien grande erreur, si nous pensions que nos organes ne soient pas plus impressionnables que ceux des animaux en général. N'est-il pas bien évident , au contraire , que l'homme, par sa nature propre et toute exceptionnelle , par sa grande susceptibilité nerveuse , par ce *consensus* universel qui forme le caractère spécifique de toute organisation humaine, et qui joue un rôle si important dans toutes les actions vitales propres au système nerveux ; n'est-il pas de la dernière évidence, dis-je , que l'homme doit être plus fortement impressionné par certains agents toxiques que les animaux qui, après lui , occupent le premier rang parmi les êtres organisés ? S'il en était autrement , comment expliquerions-nous , par exemple , cette influence si puissante, à doses fractionnées, des solanées, de la ciguë, de la digitale, sur nos organes , lorsque des quantités considérables de ces mêmes plantes n'ont pas toujours déterminé la mort chez les animaux que j'ai rendus victimes de mes essais ? D'ailleurs cette grande vérité physiologique pourrait-elle être douteuse pour nous, en présence de ces faits si remarquables exposés avec tant de précision par l'honorable M. Orfila, dans son *Traité de médecine légale*, à l'endroit des sels de morphine ? Ces sels, si énergiques pour nous à la dose de quelques centigrammes , n'ont été mortels , pour des chiens vigoureux et de forte taille, qu'à des doses extrêmement élevées. « Ainsi , dit M. Orfila , si les chiens sont forts et adultes, ils peuvent supporter de fortes doses d'acétate de morphine sans périr ; s'ils sont jeunes et de moyenne stature, il suffit, pour les tuer dans l'espace de quatre à six heures, de leur faire prendre 40 ou 60 grains de poison. » Or, je le demande, quel est l'homme, quelque vigoureux qu'on puisse le supposer, qui pourrait résister à l'action toxique d'un tel agent, même en le supposant sous l'influence d'une quantité beaucoup moindre de ce poison redoutable ? A coup-sûr, il n'en est aucun, car je ne sache pas que la nature humaine puisse braver ainsi la puissance de l'opium ou de ses dérivés, à moins qu'une longue habitude n'ait accoutumé insensiblement les organes à l'action du poison.

Ainsi, s'il est un grand nombre de substances vénéneuses qui exercent sur l'homme et sur certains animaux une action à-peu-près semblable, il en est aussi beaucoup, surtout parmi celles qui exercent plus spécialement leur influence sur les centres nerveux, qui agissent plus violemment sur l'homme que sur les animaux; et les plantes dont nous venons d'étudier les produits doivent appartenir à ces dernières.

On ne peut arguer d'ailleurs de la mauvaise nature de mes extraits, attendu le soin tout particulier que je mets toujours dans le choix des plantes que je destine à la préparation de tels produits. L'habitat, l'exposition, l'époque la plus favorable de la saison, la récolte au moment de la floraison, toutes les conditions enfin propres à une parfaite élaboration des principes actifs, sont autant de considérations que je ne manque pas de mettre à profit, autant qu'il m'est permis de le faire, et auxquelles se joignent nécessairement celles qui se rapportent à la confection de ces produits. Je suis trop pénétré de toute l'importance, de toute la valeur de ces conditions, pour avoir jamais à me reprocher de les avoir négligées; et une expérience journalière me prouve suffisamment, du reste, que tous mes extraits répondent parfaitement aux précautions que je prends pour les avoir tels qu'ils doivent être. J'insiste là-dessus, non pour satisfaire à un vain sentiment d'amour-propre, toujours déplacé en pareils cas, mais bien pour donner de la valeur aux faits que je viens de consigner dans ce mémoire, ainsi qu'aux considérations qu'ils ont dû faire naître.

Je dois faire remarquer ici, en passant, que quelque impressionnables que soient nos organes, nous nous montrons généralement beaucoup trop timides sur la posologie de ces médicaments héroïques. Il n'est pas douteux que la prudence ne doive rendre les praticiens très-réservés sur l'emploi de ces agents, surtout dans nos climats tempérés; mais il ne faut pas pousser cette réserve au point de rendre nuls les effets qu'ils doivent produire; et c'est, je crois, ce que l'on fait assez généralement de nos jours. Pourquoi ? Parce que la matière médicale n'est pas étudiée assez à fond. Si nous manquons souvent le but, ne devons-nous pas parfois en trouver la cause dans cette timidité, poussée à l'excès, qui me semble caractériser certaines prescriptions médicales de notre époque ? Rappelons-nous que si Stoerck et ses imitateurs ont vu les extraits d'aconit et de ciguë, par exemple, réussir à merveille sous leur habile direction, c'est qu'ils n'ont pas craint d'en pousser graduellement les doses jusqu'à 1 gramme et plus du premier, et jusqu'à

16 grammes du dernier. Or, je le demande, quel est le médecin aujourd'hui qui serait assez hardi pour adopter une telle posologie ? Aucun. Laissons les homœopathes se ridiculiser à leur aise avec leurs infiniment petits; mais, pour avoir raison du peu de cas que nous faisons de leur doctrine, ne tombons pas nous-mêmes dans le ridicule d'une thérapeutique timorée, car ce serait là le moyen de nous suicider avec nos propres armes, tout en rendant un mauvais service à l'humanité. Je crois donc qu'en tenant compte des influences de nos climats tempérés sur le développement des principes actifs des végétaux qui nous occupent, nous devrions, sans nous jeter dans aucun excès dangereux, nous montrer plus hardis que nous ne sommes.

Je m'aperçois que je me suis un peu trop écarté de mon sujet, mais j'ose espérer que l'on me pardonnera cette digression en faveur du motif; et c'est avec cet espoir que je passe à la préparation des éthérolés.

TROISIÈME PARTIE.

PRÉPARATION DES ÉTHÉROLÉS.

S'il est de la dernière évidence que les éthérolés qui doivent nous intéresser le plus sont de très-mauvais médicaments, qui ne peuvent agir sur nos organes que par l'éther lui-même, nous devons, ou les faire disparaître à jamais de nos pharmacies, ou les préparer de manière à les rendre dignes de toute notre confiance.

Or quels seraient les moyens à mettre en œuvre pour atteindre ce but ? Serait-ce en remplaçant l'éther par la liqueur d'Hoffmann ? Cette substitution semblerait présenter des avantages réels, en réfléchissant à la double nature du menstrue éthéro-alcoolique ; cependant il est vrai de dire que, passé quelques rares exceptions qui ne sauraient faire règle, ce liquide ne m'a rien offert d'avantageux pour les résultats. Serait-on plus heureux en usant d'un mélange à parties égales d'éther et d'hydralcool à 21 degrés ? Pas davantage. Ces deux mélanges présentent même des inconvénients graves qu'il est important de signaler. Ainsi, si l'on fait agir, par déplacement, les deux menstrues à la fois sur de la digitale, de la ciguë, de l'aconit, de la belladone, de la jusquiame ou toute autre plante riche en chlorophylle, il arrive qu'à mesure que la pénétration des liquides s'effectue, la dissociation a lieu en raison de la grande affinité de l'éther pour la chlorophylle, et de l'alcool aqueux pour la matière extractive. Le résultat final prouve même que ces deux agents se nuisent mutuellement ; car, en poussant l'opération jusqu'à ses dernières limites, c'est-à-dire en faisant agir de l'alcool faible ou de l'eau sur la poudre végétale pour en achever l'épuisement, on obtient d'une part moins d'éthérolé, moins de résidu ou extrait éthérique, d'une quantité déterminée de teinture éthérée, et de l'autre, moins d'extrait alcoolique.

On peut facilement se rendre compte du départ qui s'opère entre les deux liquides par la loi des affinités; et l'on s'explique de même le déficit énorme que l'on trouve dans l'éthérolé obtenu, lorsqu'on tient compte aussi de la loi des pesanteurs spécifiques. Qu'arrive-t-il, en effet, lorsque les deux menstrues se séparent dans la colonne végétale ? L'alcool faible, plus pesant que l'éther, tend plus fortement que ce dernier à gagner la partie inférieure de l'allonge du vase, chasse au-dessus de lui, du moins jusqu'à un certain point, une partie de cet éther, et en laisse passer avec lui une autre partie. Cet effet, devenu sensible lorsque le menstrue éthéro-alcoolique a pu se saturer d'une quantité de matière soluble, assez forte pour donner lieu à une séparation, l'est beaucoup plus à mesure que l'on vient à chasser par l'eau le liquide qui doit constituer l'éthérolé. On remarque plus particulièrement alors qu'une partie de l'éther, par un mouvement ascensionnel plus prononcé, gagne la partie supérieure du vase qui contient la poudre, et s'accumule suffisamment pour raréfier l'air contenu dans la capacité vide de ce vase : ce qui a lieu, du reste, depuis le commencement de l'opération, de telle sorte qu'en approchant une bougie allumée de l'orifice du col, on produit une inflammation qui peut durer long-temps, et que l'on peut renouveler par intervalles, à mesure que le déplacement par l'eau a lieu. Si ce déplacement est fait avec de l'alcool faible, en remplacement de l'eau, le même phénomène se présente, mais d'une manière moins sensible. Il résulte de cette raréfaction, que l'éther se trouve plus disposé à prendre la direction de bas en haut, ce qui, au surplus, a lieu dans tous les cas d'une manière plus ou moins sensible ; aussi il faut bien se persuader qu'il y a toujours une perte assez considérable de menstrue, quelque précaution que l'on prenne.

La macération seule affranchit de ces inconvénients, mais elle ne permet pas d'obtenir de meilleurs produits, que l'éther soit employé seul ou combiné avec un liquide alcoolique. Le résidu éthérique est toujours en moindre quantité, lorsque cette association existe, et il n'est pas plus abondant, lorsqu'elle n'existe pas, que celui que fournit l'éthérolé obtenu par déplacement. Son emploi ne présenterait donc un avantage réel qu'autant que le mélange des liquides serait jugé convenable; mais il est évident qu'il faut y renoncer pour chercher quelque chose de mieux, si ce n'est pour tous les cas, au moins pour ceux qui font plus particulièrement le sujet de ce travail.

Après avoir essuyé tous les mécomptes résultant des nombreux essais tentés jusque là avec une persévérance et un soin extrêmes, j'ai dû avoir recours à d'autres moyens. De ces moyens mis en œuvre, aucun ne m'a réussi comme le suivant, que je considère comme le seul capable de fournir de bons produits, et que j'adopte sans hésiter, non-seulement pour obéir à cette considération capitale, mais encore pour d'autres motifs qu'il sera facile d'apprécier, lorsque j'en aurai fait ressortir tous les avantages. L'idée en est si simple, qu'il me semble qu'elle n'aurait dû échapper à personne. En voici l'exposé dans tous ses détails, que j'applique au hasard à la préparation de l'éthérolé d'aconit.

TEINTURE ÉTHÉRÉE D'ACONIT.

Prenez : Aconit napel en poudre fine. . 125 gram.
Éther sulfurique à 56° . . . 250 id.
Alcool à 21° Cartier. . . . 250 id.

Introduisez la poudre dans le vase supérieur de l'appareil Donovan, au bas duquel vous aurez placé une mèche ou tampon de coton cardé; recouvrez cette poudre, tassée avec soin, d'une rondelle de laine ou, mieux encore, d'une forte couche de verre pilé, et pratiquez des affusions d'éther, par parties successives, jusqu'à l'emploi total de ce fluide volatil, plus un excès d'environ 15 ou 20 grammes pour compenser la perte; faites succéder les affusions alcooliques aux affusions éthériques; mais employez ici un grand excès de ce liquide alcoolique, pour prévenir tout mélange entre les parties que vous avez à recueillir et l'eau, puis continuez à déplacer avec ce dernier véhicule, jusqu'à ce que vous ayez pu compléter 500 grammes de teinture éthéro-alcoolique, homogène dans toutes ses parties, et que vous recueillerez dans un vase, par le robinet inférieur de l'appareil. Il sera même très-convenable de recueillir ce produit de temps à autre, si l'on veut rendre la perte moins sensible.

Là se trouvent réunies toutes les conditions propres à constituer des éthérolés doués de propriétés vraiment énergiques, tous les principes médicamenteux des végétaux, soumis à ce genre de traitement, étant en dissolution dans ces produits, les seuls qui méritent la confiance que doit nous inspirer tout médicament appelé à jouer un rôle important dans la thérapeutique. C'est faire comprendre que les teintures éthérées de belladone, de ciguë, de digitale, de jusquiame, de nicotiane et autres de même nature doivent être soumises à ce seul procédé. Quant aux autres, il importe beaucoup moins qu'elles reçoivent la double influence de l'éther et de l'alcool, non-seulement parce qu'elles sont moins importantes par elles-mêmes, mais aussi parce qu'on ne peut nier l'action plus ou moins forte, plus ou moins sensible de l'éther sur les principes actifs de l'assafœtida, du baume de Tolu, du castoréum, des cantharides, de l'arnica, du safran, de la pyrèthre, de l'ambre gris, du musc, etc.

Estimant néanmoins qu'il serait assez convenable de soumettre au double traitement tous les agents qui peuvent s'y prêter avec avantage, comme ceux que je viens de dénommer dans cette seconde série, l'alcool exerçant également sur eux une action dissolvante qui peut doubler leur énergie, je suis tout-à-fait disposé à n'adopter qu'un seul et même mode pour tous les éthérolés, moins ceux qui se font par simple solution de toute la matière à traiter et qui ne se prêtent nullement au déplacement. Je suis, du reste, d'autant plus porté à généraliser ce mode, que je reconnais la complète inutilité de la macération pour le sujet qui nous occupe : l'éther agit avec assez d'énergie sur les substances qu'il a la propriété de dissoudre, pour que tout contact prolongé soit jugé superflu. J'ai d'ailleurs la complète certitude que la macération n'est utile que dans un très-petit nombre de cas; j'oserai même dire que j'en ai rarement reconnu l'utilité. Traitez, en effet, par macération, toutes ou presque toutes les substances que le Codex recommande de traiter ainsi, vous n'en obtiendrez pas plus de matière dissoute ; vous en obtiendrez même moins, dans certains cas, que si vous leur aviez appliqué la lixiviation. Le seul avantage que je lui reconnaisse, c'est de donner plus de fixité aux principes dissous, mais seulement pour les œnolés et autres produits de cette nature, nommément pour le laudanum liquide de Sydenham, que j'ai renoncé à préparer par déplacement, depuis que j'ai vu ce produit déposer plus abondamment, par suite de l'emploi de ce moyen, que celui qui résulte de la macération. Lorsqu'il s'agit d'alcoolés ou d'éthérolés, la question change complètement, pourvu toutefois que l'on fasse un usage bien raisonné du déplacement; car il est évident que cette méthode peut devenir très-vicieuse entre les mains d'un routinier ou d'un homme négligent. Ce serait là, certes, le sujet d'une longue dissertation, mais je ne dois pas oublier que je n'ai pas à m'occuper ici de ce sujet important. Je me propose, au surplus, de traiter à fond cette question dans un travail tout-à-fait spécial, avec l'intention de mieux faire apprécier qu'on n'a paru le faire jusqu'à présent le déplacement et ses quelques auxiliaires, qu'on n'a pas encore suffisamment étudiés.

L'appareil de Donovan, dont on trouve la description dans les pharmacopées modernes, est celui qu'il faut préférer à tous les autres, lorsqu'il s'agit de la préparation des éthérolés. Il est beaucoup plus convenable que l'appareil Robiquet modifié, dont on se sert assez généralement à Lyon depuis quelques années, et qui consiste en une carafe, dans laquelle vient s'engager une espèce d'allonge usée à l'éméri, à sa douille, et bouchée exactement à sa partie supérieure avec un bouchon en cristal.

Donovan avait compris que l'air interposé dans la poudre ne pouvait être chassé de haut en bas par le liquide, sans augmenter la masse de ce fluide gazeux contenue dans le récipient, et partant sans former un obstacle à la chute du liquide; de là ce tube de communication qui, en maintenant l'équilibre entre les deux vases, prévient jusqu'à un certain point tout inconvénient de ce genre: inconvénient d'autant plus grand d'ailleurs, qu'avec l'air accumulé il se forme une certaine quantité de vapeur éthérique, qui tend aussi à refouler cet air de bas en haut, et à empêcher aussi la filtration du liquide. Aussi, il arrive un moment, avec l'appareil Robiquet, où la filtration n'est plus possible, si toutes les issues se trouvent exactement fermées, et ne peut continuer qu'autant qu'on permet l'introduction de l'air dans les deux vases, en interposant une bande de carte entre les parties usées à l'éméri; or on prévient ce besoin indispensable par le tube de communication, et l'on évite aussi par-là la perte d'une grande quantité d'éther, bien que, dans tous les cas, il faille se résoudre à en essuyer une assez considérable, attendu qu'il y a toujours refoulement ou ascension d'une partie de ce fluide.

Les considérations qui précèdent me forcent à dire que Robiquet avait tort de considérer comme une chose avantageuse ce refoulement de bas en haut, produit par la vapeur d'éther, d'autant plus qu'il est d'autres moyens d'éviter l'infiltration trop rapide du liquide, en fermant le robinet pratiqué vers la douille ou, à défaut, en ralentissant les affusions destinées à l'épuisement de la matière. Mais, je le répète encore, cet épuisement est si facile, avec un menstrue tel que l'éther ou l'alcool, que cette précaution peut être jugée tout-à-fait inutile, quelque rapide que l'on suppose le passage du liquide à travers la poudre à épuiser, pourvu toutefois que cette poudre soit fine et convenablement disposée dans l'appareil.

Je vois avec regret que les pharmacologistes ne soient pas d'accord sur la quantité d'éther sulfurique à employer pour la confection des éthérolés. Ainsi que j'ai déjà eu occasion de le dire, les quatre parties sur une, adoptées par le Codex pour la plupart de ces préparations, me paraissent les plus convenables, surtout lorsqu'il s'agit d'épuiser une substance végétale. J'ai dit ailleurs, il est vrai, que le castoréum se laisse épuiser difficilement par quatre parties d'éther; je pourrais le dire aussi du safran et de plusieurs autres substances ; mais il faut reconnaître aussi que le double traitement de l'éther et de l'alcool donne beaucoup moins de force à cette objection, l'épuisement se faisant mieux par ces deux menstrues que par l'éther sulfurique seul. On pourrait donc à la rigueur s'en tenir strictement aux proportions du Codex, bien que ces proportions restent toujours insuffisantes, jusqu'à un certain point, pour le castoréum, le safran, les cantharides, l'arnica, etc. Le point important est de réaliser des médicaments aussi actifs que possible ; et cette condition se trouve à-peu-près remplie en appliquant à la confection des éthérolés le *modus faciendi* que j'ai exposé. Ce qu'il y a de certain, du reste, c'est que ce mode ne laisse pas grand'chose à désirer, en tant qu'il est appliqué au traitement de quelque partie végétale foliacée, la chlorophylle se dissolvant presque entièrement par lixiviation dans deux parties d'éther, et l'extractif dans une égale quantité d'alcool faible. Ce qui se dissout après dans l'alcool que l'on surajoute ne constitue pas le seizième de la matière active ; or cette fraction peut bien être négligée pour satisfaire à la considération qui domine toutes les autres, et dont l'esprit domine aussi toutes les parties de ce long mémoire.

En terminant ce travail, dont je reconnais l'imperfection, je confesse franchement que je crains de n'avoir que trop justifié ces paroles si vraies de Parent-Duchatelet : *Si tout le monde se mêle d'expériences et se croit en état d'en faire, peu de gens sont capables de les bien faire;* mais je reconnais aussi que si le sujet n'a pas été traité de manière à ne laisser aucun regret dans mon esprit, il a été exploré avec le désir bien sincère d'en tirer d'utiles enseignements, conformes aux vues d'une saine pratique. Or, si je ne me trompe, la question des éthérolés, restée obscure et incertaine jusqu'ici, peut être jugée désormais avec quelque profit pour la science, et prendre le rang qu'elle aurait occupé dès le principe, si les produits auxquels elle se rattache avaient été dignes de toute la confiance qu'ils sont susceptibles d'inspirer, lors qu'ils résultent du double traitement éthéro-alcoolique.

On dira peut-être qu'il y a quelque présomption de ma part à tirer de mon travail de telles conséquences; mais, en supposant qu'il en soit ainsi, on ne me refusera pas au moins le mérite d'avoir éveillé l'attention sur une classe de médicaments, dont la Médecine peut retirer des avantages réels, et d'avoir fait tous mes efforts pour éclairer l'opinion des praticiens sur un sujet important. Au surplus, si j'ai manqué le but, je mets ma modestie à couvert sous cette formule du savant doyen de la Faculté, que j'ai prise aussi pour épigraphe : *Il est toujours utile d'essayer de frayer la route, quand même elle serait imparfaitement tracée.* L'application en serait heureuse pour moi si elle pouvait me valoir l'indulgence dont j'ai tant besoin, pour oser livrer cet essai à la critique des hommes qui doivent être appelés à le juger.

www.ingramcontent.com/pod-product-compliance
Ingram Content Group UK Ltd.
Pitfield, Milton Keynes, MK11 3LW, UK
UKHW020404220726
13923UKWH00004B/1736